Tucholsky Wagner   Zola   Scott Sydow   Schlegel
Turgenev   Wallace   Fonatne   Freud
    Twain   Walther von der Vogelweide Fouqué   Friedrich II. von Preußen
                  Weber   Freiligrath   Frey
Fechner   Kant   Ernst
        Fichte Weiße Rose von Fallersleben   Richthofen   Frommel
        Engels   Fielding   Hölderlin
  Fehrs   Eichendorff   Tacitus   Dumas
          Faber   Flaubert
                                      Eliasberg   Ebner Eschenbach
          Maximilian I. von Habsburg Fock   Zweig
Feuerbach   Eliot   Vergil
                    Ewald
          Goethe   Elisabeth von Österreich   London
Mendelssohn Balzac   Shakespeare   Dostojewski   Ganghofer
                      Lichtenberg   Rathenau
    Trackl   Stevenson   Doyle   Gjellerup
                          Tolstoi   Hambruch
Mommsen   Lenz   Droste-Hülshoff
          Thoma   Hanrieder
Dach   Verne   von Arnim   Hägele   Hauff   Humboldt
          Reuter
    Karrillon   Rousseau   Hagen   Hauptmann
                  Garschin   Gautier
          Damaschke   Defoe   Hebbel   Baudelaire
                        Descartes
Wolfram von Eschenbach   Dickens   Schopenhauer Hegel   Kussmaul   Herder
          Darwin   Grimm Jerome Rilke   George
    Bronner   Melville
        Campe   Horváth   Aristoteles   Bebel   Proust
Bismarck   Vigny   Barlach Voltaire   Federer   Herodot
                    Gengenbach   Heine
    Storm   Casanova   Tersteegen   Gilm Grillparzer Georgy
          Chamberlain Lessing   Langbein   Gryphius
Brentano   Lafontaine
    Strachwitz   Claudius   Schiller   Kralik   Iffland Sokrates
          Katharina II. von Rußland   Bellamy   Schilling
                                Gerstäcker   Raabe   Gibbon   Tschechow
    Löns   Hesse   Hoffmann   Gogol   Wilde   Vulpius
      Luther Heym   Hofmannsthal   Klee   Hölty Morgenstern   Gleim
          Roth   Goedicke
                Heyse   Klopstock   Kleist
    Luxemburg   Puschkin   Homer   Mörike
                    La Roche   Horaz   Musil
    Machiavelli   Kierkegaard   Kraft   Kraus
Navarra   Aurel   Musset
                          Lamprecht   Kind   Hugo   Moltke
    Nestroy   Marie de France   Kirchhoff
                                    Laotse   Ipsen   Liebknecht
    Nietzsche   Nansen   Ringelnatz
              Marx   Lassalle   Gorki   Klett   Leibniz
von Ossietzky   May
                          vom Stein   Lawrence   Irving
  Petalozzi
        Platon   Knigge
          Sachs   Pückler Michelangelo   Kafka
                Poe   Kock
                                          Liebermann   Korolenko
          de Sade   Praetorius   Mistral   Zetkin

Der Verlag tredition aus Hamburg veröffentlicht in der Reihe **TREDITION CLASSICS** Werke aus mehr als zwei Jahrtausenden. Diese waren zu einem Großteil vergriffen oder nur noch antiquarisch erhältlich.

Symbolfigur für **TREDITION CLASSICS** ist Johannes Gutenberg (1400 — 1468), der Erfinder des Buchdrucks mit Metalllettern und der Druckerpresse.

Mit der Buchreihe **TREDITION CLASSICS** verfolgt tredition das Ziel, tausende Klassiker der Weltliteratur verschiedener Sprachen wieder als gedruckte Bücher aufzulegen – und das weltweit!

Die Buchreihe dient zur Bewahrung der Literatur und Förderung der Kultur. Sie trägt so dazu bei, dass viele tausend Werke nicht in Vergessenheit geraten.

Rätsel

Joahnn Meyer

Impressum

Autor: Joahnn Meyer
Umschlagkonzept: toepferschumann, Berlin
Verlag: tredition GmbH, Hamburg
ISBN: 978-3-8424-9195-3
Printed in Germany

Rechtlicher Hinweis:
Alle Werke sind nach unserem besten Wissen gemeinfrei und unterliegen damit nicht mehr dem Urheberrecht.

Ziel der TREDITION CLASSICS ist es, tausende deutsch- und fremdsprachige Klassiker wieder in Buchform verfügbar zu machen. Die Werke wurden eingescannt und digitalisiert. Dadurch können etwaige Fehler nicht komplett ausgeschlossen werden. Unsere Kooperationspartner und wir von tredition versuchen, die Werke bestmöglich zu bearbeiten. Sollten Sie trotzdem einen Fehler finden, bitten wir diesen zu entschuldigen. Die Rechtschreibung der Originalausgabe wurde unverändert übernommen. Daher können sich hinsichtlich der Schreibweise Widersprüche zu der heutigen Rechtschreibung ergeben.

Text der Originalausgabe

Johann Meyer
1906

Rätsel

1. Rätsel.

Ob du es magst, – gewiß! du bist
Bei andern dann in Ehren,
Wenn du es hast; doch wer es ist
Trug nicht darnach Begehren;
Dem Nächsten, dem man es gewährt,
Erscheint's wie eine Gabe,
Und wer es ist für seinen Herd,
Der schlummert schon im Grabe.

Du selbst, mein Kind, du bist es oft
Und sagst es oft, – doch siehe,
Wenn du es bist, – kam's unverhofft,
Wenn du es hast – mit Mühe.
Ich wünsch' es für dies Rätsel mir,
Ich seh mir's gern bereiten,
Doch wehe dir und wehe mir,
Sind wir's für alle Zeiten.

2. Dreisilbige Charade.

Die Erste windet gleich der Schlange
Sich durch das Gras am Boden hin;
Jedoch kein Tier, – sei nur nicht bange,
Wenn manche Tiere auch darin.

Dir selbst in heißer Tagesstunde
Sie Kühle wohl und Labung bot,
Und dennoch fand in ihrem Grunde
Schon manches Kind den jähen Tod.

Die letzten zwei sind sehr verschieden
Nach ihrem Nutzen im Gebrauch;
Du siehst sie oft beim Invaliden
Und oft beim Spiel der Kinder auch.

Dort bieten sie ein Bild zum Weinen,
Erinnernd an des Krieges Leid,
Hier machen größer sie die Kleinen
Mit Hilfe der Geschicklichkeit.

Das Ganze zeigt sich stets manierlich,
Und macht dir seinen Bückling schön,
Es ist ein Vöglein gar possierlich
Und bei der ersten oft zu sehn.

3. Rätsel.

Ich kenn' ein Ding,
Klein und gering
Und will's im Liede preisen.
Der Hand, die just den Schlüssel dreht,
Dem Jäger, der im Anschlag steht,
Tut's einen Dienst erweisen.

Auch an der Uhr
Ist seine Spur
Gar häufig wahrzunehmen;
Und sicher merkt auch der sie gut,
Der gern einmal im Lehnstuhl ruht,
Dem weichen und bequemen.

Im Wagen auch
Ist's im Gebrauch'
Und selbst an mancher Falle,
Auch sitzt es oft am Hute fest,
Du findest es im Vogelnest'
Und gar im Hühnerstalle.

Und sollten sie,
Die's haben, früh
Ihr Morgenlied beginnen: –
Ich zweifle nicht, wenn sie es nun
Ganz früh an einem Morgen tun, –
Daß du noch liegst darinnen.

Ja, weißt du was?
Machst du es naß
Und läßt es lustig gleiten,
So dient's dir oft als scharfes Schwert,
Vielleicht noch mehr als dieses wert',
Dein Recht dir zu erstreiten.

Schon mancher hat
Sich in der Tat
Den Ruhm damit errungen,
Gar großen Ruhm für alle Zeit.
Weil er sich zur Unsterblichkeit
Dadurch emporgeschwungen.

Nun nimm einmal
Den scharfen Stahl, –
Du kannst es ohne Grauen, –
Und hältst du dir ihn vors Gesicht,
So wirst du auch, – ich zweifle nicht, –
Zugleich die Lösung schauen.

4. Logogriph.

Ich kenne einen alten Mann,
Du sahst ihn sicher dann und wann,
Er zählt wohl gegen achtzig Jahr,
Und silberweiß ist ihm das Haar.

Sein hohes Alter drückt ihn sehr,
Er wankt gebückt am Stab einher,
Und wer ihm just begegnen tut
Zieht erfurchtsvoll vor ihm den Hut.

Nimmst du den alten Mann beim Schopf'
Und ihm erbarmungslos den Kopf,
Sogleich wird ein Getreide draus,
Das wohlbekannt in jedem Haus.

Willst du es aber wachsen seh'n
So mußt du auf die Reise geh'n,
Wir haben's durch die zweite Hand,
Und aus der Ferne wird's gesandt.

Noch einmal brich ohn' Gnad' den Stab,
Schlag auch den Kopf der Pflanze ab,
Und ganz was and'res wird es sein,
So hell wie Glas, so hart wie Stein.

Wie eine Brücke von Krystall
Die manchen schon gebracht zu Fall,
Ja manchem gar den Tod gebracht,
Der sie betrat mit Unbedacht.

Nun aber mache dich daran,
Sag' mir geschwind, wie heißt der Mann,
Sag' wie die Pflanze wird genannt
Und ob die Brücke dir bekannt.

5. Logogriph.

Mein liebes Kind, nun rat einmal,
Ich kenne eine kleine Zahl;
Mit *W* davor wird's gleich ein Trank
Mit *Sch* und *r* ein Schrank,
Mit einem *P* tut's häßlich weh'.
Mit *B* gebrauch' ich's, wenn ich geh',
Mit *S* und *t* liegt's oft im Sand',
Mit *L* gibt's oft ein kühl' Gewand,
Mit *Sch* gewährt's das Licht,
Mit *k* steht's oft, wo was gebricht,
Mit *Sch* und *w* ein Vieh,
Das es mit einem *r* ist nie,
Mit einem *m* gehört es mir,
Mit einem *d* gehört es dir,
Mit einem *s* – uns beiden fern,
Mit einem *f* – bei großen Herrn,
Mit *k* und *l* ist's nimmer groß,
Und hast du's Wörtlein noch nicht los,
Und bittest mich, daß ich dir's nenn',
So sag ich's dir mit einem *n*.

6. Rätsel.

Gar lieblich fügen's oft die Hände
Als Angebind' zu manchem Fest';
Es ist die zart'ste Liebesspende,
Von der wohl nie die Sitte läßt.

Auch nennt es dir zugleich zwei Männer
Für welche es der Name ist,
Der eine war ein Bibelkenner,
Der andere ein Komponist.

Doch weilst du fern viel' hundert Meilen,
Erscheint es oft ganz anders dir,
Zum Beispiel durch die Wüste eilen
Siehst du es dort als wildes Tier.

Und wiederum wie ganz verschieden
Von jenem wird es auch gesehn,
Sobald im offnen Kampf hienieden
Sich Menschen gegenüber steh'n.

Nun rat' einmal. – Kannst du mir's sagen,
Dann bitt' ich freundlich, sei so gut;
Sonst will ich deine Mutter fragen,
Die hat's vielleicht an ihrem Hut.

7. Logogriph.

Ein Name, – der ihn trug, ist dir bekannt,
Er fiel durch seines eignen Bruders Hand;
Die Wurzel alles Übels ist der Neid,
Vergiß es nie, mein Kind, zu jeder Zeit.

Setz' ich ein B davor, so wird daraus
Gleich eine Stadt, – da ging's in Saus und Braus,
Und dennoch war darin, gewiß nicht gern,
Dereinst das auserwählte Volk des Herrn.

Wie anders aber, setz' ich F davor; –
Die Tiere sprechen, – öffne nur dein Ohr;
Denn was sie sagen, hat gar tiefen Sinn,
Und manche weise Lehre liegt darin!

Und wieder anders wird's mit einem G;
Wenn ich es so in deiner Rechten seh',
Da denk' ich: Na, muß der auch hungrig sein,
Sonst stäch' er wohl so wacker nicht darein!

Nun aber kommt ein K davor, – gib acht!
Unglaubliches wird nun damit gemacht;
Denn nach Amerika in einem Nu
Damit hinüberrufen könntest du.

Jetzt Sch und n davor zuletzt; –
Als ich begann, da hab' ich es gewetzt, –
Sei mir nicht bös, nun ich es halten will, –
Wer nichts mehr weiß, der schweigt am besten still!

8. Zweisilbige Charade.

Zu sagen was die Erste ist
Fällt mir nicht schwer, weil du es bist,
Ich bin es auch und viele mehr,
Und daß wir's sind, das freut uns sehr.

Denn wenn wir's sind wie der, mein Kind,
Nach welchem wir es eben sind,
Und der für uns es ward und blieb.
So hat der liebe Gott uns lieb.

Die Zweite bringt der Horen Tanz,
Sie leuchtet uns im Weltenglanz,
Sie eilet oben durch die Luft
Und weilet unten in der Gruft.

Sie kam und ging ohn' Rast und Ruh'
Und kommt und geht noch immerzu,
Sie hält es mit dem Abendrot,
Die Morgenröte ist ihr Tod.

Das Ganze, – wie erfreut es dich!
Es ist die Zweite sicherlich.
Doch kann die Zweite nur allein
Einmal im Jahr das Ganze sein.

Und hast du schon daran gedacht,
Was dir das Ganze hat gebracht?
Die Erste war's – und was du bist.
Nun sag' mir, was das Ganze ist.

9. Dreisilbige Charade.

Die Erste könnt' ich gleich dir zeigen
Du hast ja selbst davon ein Paar.
Das allerschönste Exemplar
War einstmals einem König eigen,
Dem's aber äußerst lästig war.

Die letzten sind aus fernem Lande,
Auch weißt du wohl, wie süß sie sind;
Als Adjektiv jedoch, mein Kind,
Gereichen sie dir nur zur Schande,
Verleitend dich zur Flucht geschwind.

Zum Ganzen muß die Hand erheben.
Wer es dem andern will verleih'n;
Doch dem Empfänger macht es Pein.
Nun rate denn. – Wollt' ich dir's geben.
So würdest du mir böse sein.

10. Rätsel.

Nun hör' einmal, mein liebes Kind,
Ob du es kannst erraten!
Oft, wenn sie auf dem Marsche sind,
Gebrauchen's die Soldaten.

Der Jäger hat es in dem Wald,
Der Schäfer auf der Heide,
Und mancher Knabe schneidet's bald
Geschickt aus einer Weide.

Oft guckt's dem Bauer aus dem Rock,
Oft nimmt er's in die Hände,
Oft sitzt es gar an einem Stock,
Doch stets am ober'n Ende.

Oft dient es wohl nach altem Brauch'
Beim frohen Tanz und Reigen,
Oft ist es gar, als hätten's auch
Die Vögel auf den Zweigen.

Oft merkst du's auf der Eisenbahn,
Wo sie das Feuer schüren
Oft auf dem Schiff im Ozean
Tut's das Kommando führen.

Oft trägt es schon zur offnen Schand,
Der ungezog'ne Bube,
Oft bringt's Papa in hellen Brand
Bei allen in der Stube.

Ich selber hab' es herzlich lieb
Und oft darnach Verlangen;
Doch als ich dir dies Rätsel schrieb,
Da war es ausgegangen.

Das beste aber von dem Witz':
Verstehst du es im Grunde,
Und machst dabei die Lippen spitz
So hast du's gar im Munde.

11. Rätsel.

Hoch oben glänzt es in der Sonne,
Und unten führt es stolz sein Heer,
Auch siehst du's Wohl an einer Tonne
Und auf des Jägers Mordgewehr.

Es ist geschmückt mit Kamm und Sporen
Und steckt im prunkenden Ornat,
Auch sagt es dir im Tanz der Horen,
Wie viel die Uhr geschlagen hat.

Einst rührt' es einen Fels zum Weinen,
Das scheint dir wohl recht sonderbar,
Noch sonderbarer wird dir's scheinen,
Daß dieser Fels lebendig war.

Auch läßt es kochen sich und braten,
Nun sende mir die Lösung ein,
Dann sollst du's selbst, weil du's erraten,
Einmal bei mir im Korbe sein.

12. Rätsel.

Bald hoch und fern
Am Haus des Herrn,
Bald zum Geleit'
An deiner Seit';
Zu Nutz und Brauch
Im Zimmer auch
Und auf dem Flur.

Bald sehr präzis',
Bald auch nicht dies.
Bald mit Gewicht,
Bald wieder nicht;
Auch bald im Geh'n,
Und bald im Steh'n,
Vergißt man's nur.

Bald hoch in Gunst
Von großer Kunst,
Bald umgekehrt
Nur wenig wert,
Bald mit Musik,
Bald ohn' ein Stück,
Bald groß, bald klein.

Bald bei dem Mann'
Versteckt alsdann,
Bald bei der Frau
Mit Glanz zur Schau,
Bald an der Wand,
Bald in der Hand;
Was mag es sein?

13. Rätsel.

Du kannst es auf der Straße sehen,
In jedem Hause ist's zu Haus;
Wohl mancher Wand'rer müd' vom Gehen,
Saß schon darauf und ruhte aus.

Den Kindern dient es oft beim Spiele,
Die Toten tragen's oft zur Schau;
Der Müller hat es in der Mühle,
Der Meister auch in seinem Bau.

Im Überfluß in allen Zonen
Hat die Natur davon beschert,
Und dennoch schätzt nach Millionen
Der Mensch zuweilen seinen Wert.

Schon manchen bracht' es eine Wunde
Und einem Riesen einst den Tod;
Aus alter Zeit gibt's häufig Kunde,
Auch trug's einmal des Herrn Gebot.

Es haben seiner Brüder einem
Schon viele Grübler nachgestellt,
Doch finden läßt er sich von keinem
Und bleibt ein Rätsel für die Welt.

Ohn' Mühe wird es oft getragen
An Brust und Händen, – wie es paßt,
Und doch bricht oft der stärkste Wagen
Zusammen unter seiner Last.

14. Logopriph.

Mit *B* sind manchem lästig seine Pfunde,
Mit *H* vollführt's der Kranke und Gesunde,
Mit *G* ist es ein Narr zu jeder Stunde,
Mit *L* bringt's wohl der Jude gern zum Munde,
Mit *R* beim Feuer – und beim Pudelhunde,
Mit *B* und *r* ist's oft in weiter Runde,
Mit *Str* auf Höhen und im Grunde,
Mit *Schl* ähnlich einem Schlunde,
Mit keinem aber dergestalt im Bunde
Ein Bindewort, nun rat's und gib mir Kunde.

15. Rätsel.

Wir schlummern in der Erde Nacht,
Auf Stein gebettet, – Steine;
Es gleichet uns're Farbenpracht
Der Rosenglut im Weine.

Und wo uns eine Braut empfing,
Geschah es nur zur Freude;
Wir schmückten ihr den gold'nen Ring
Und Arm- und Halsgeschmeide.

Wo aber wild entbrannt der Kampf
Und hausten uns're Scherben,
Da brachten wir im Pulverdampf
Den Tod und das Verderben.

Wie heißen wir? – Du weißt es nicht?
Potz Hagel und Granaten!
Wem man es so vom Zaune bricht,
Der müßt' es doch verraten.

16. Rätsel

Mich machen, wo die Esse steht,
Der Meister und Geselle,
Und wo der Webstuhl lustig geht,
Da bin ich auch zur Stelle.

Oft haben schon mich dargebracht
Die Freundschaft und die Liebe,
Ob mir geflucht in Kerkers Nacht
Die Mörder und die Diebe.

Ich bin dem Schiff ein nützlich' Ding
Im Hafen und auf Reisen,
Ich habe manchen gold'nen Ring
Und manchen auch von Eisen.

Und wär der »Jugendbote«[1] reich
An Talern und Dukaten,
Bekämst du mich von ihm sogleich,
Sobald du mich erraten.

---

[1] Eine in den Jahren 1869 – 71 erschienene Jugendschrift, für die Johann Meyer seine Rätsel geschrieben hatte.

17. Zweisilbige Charade

Die Erste ist ein Wort so klein,
Daß 's gar nicht kleiner könnte sein.

Du hast es Wohl schon oft gesagt,
Vielleicht, wenn du ein Leid geklagt;

Vielleicht, wenn von der Freude Lust
Allein erfüllt war deine Brust.

Die Zweite sieht Wohl jeder gern,
Ist manchem nah und allen fern.

Ist bald von Silber, bald von Gold
Der Tugend Preis, der Ehre Sold,

Doch unereichbar jedermann,
Wo man zumeist sie sehen kann.

Und nun das Ganze! – Welche Freud'
Und welchen Trost das Ganze beut!

Ihm tönt Gesang und Glockenschall,
Wo Christen weilen, überall.

Und du auch stimmst gewiß mit ein,
Nun sag', was mag das Ganze sein?

18. Rätsel.

Die Erste wäre
Vielleicht Chimäre,
Höb' ihre Schwere
Nicht allzuviel. –
Wem sie gegeben
Zur G'nüge eben,
Der hat im Leben
Oft leichtes Spiel.

Sie ist zu schauen
Im Schmuck der Auen,
Der Männer, Frauen
Und gar beim Geld,
Im kalten Steine,
Im glüh'nden Weine,
Im Sonnenscheine
Und Ährenfeld.

Die and're machen,
Glanz zu entfachen,
Auf viele Sachen
Die Maler gern.
Sie schmilzt geschwinde
Und tropft gelinde
Aus Baumesrinde
In weiter Fern!

Auch kann's geschehen,
Daß sie zu sehen,
Wo Zeichen stehen
Von deiner Hand.
Dann ward sie eigens
Zum Zweck des Schweigens,
Auch des Bezeugens,
Darauf gebrannt.

Und nun das Ganze,
Von gold'nem Glanze
Im Strauß und Kranze
Wird's oft gescheh'n.
Nach wenig' Wochen
Wird's schon gebrochen,
Und wer's gerochen,
Der findet's schön.

19. Rätsel

Schön' guten Tag zum frohen Gruß!
Bist du noch gut bei Laune,
So hab' ich wieder eine Nuß
Für dich gepflückt vom Zaune.

Du kennst es sicherlich recht gut,
Es ist von feinster Seide;
Gar manche tragen's mit dem Hut'
Und manche mit dem Kleide.

Und du? – nun ja, du trägst es auch,
Wie's dir die Eltern gaben,
Denn in der Schule zum Gebrauch'
Die Kinder müssen's haben.

Wenn ich dich bitt', – du bringst es mir,
Und wenn ich's tu' entfalten,
Und du mich bitt'st – so zeig' ich's dir
Noch einmal drin enthalten.

Dann aber ein ganz and'res Ding,
Ein Riese, der vor Zeiten
Im Übermut sich unterfing,
Mit Jupiter zu streiten.

Zum Lohn für die Vermessenheit
Muß, wie die Alten sagen,
Er nun den Himmel allezeit
Auf seinen Schultern tragen.

Ein Name, – aber dreierlei,
Die Dinge, so ihn haben,
Knackst du mir nun die Nuß entzwei,
So magst am Kern' dich laben.

20. Zweisilbige Charade

Die Erste ist ein »er«,
Nun aber rate, wer?
Du hast ihn oft auf Wolken-Höhn
Allein die Straße wandeln sehn,
Er zeigt ein Schelmgesicht,
Doch böse ist er nicht.

Die Zweite ist ein »es«,
Und körperlos. – indes
Nicht immer, – aber körperlos,
Ist keine Ferne ihm zu groß
Und aller Farben Pracht
Hat's in die Welt gebracht.

Das Ganze kann allein
Zur Nachtzeit sichtbar sein,
Allein auch dann nur dann und wann,
Ein kleines Büchlein meldet's an,
Nun rat' einmal, mein Kind,
Und nenn' es mir geschwind.

Doch wird es dir zu schwer,
Hol' ich die zweite her,
Als Körper hat man sie zu Kauf,
Dann geht sie dir urplötzlich auf
Und sicher findest du
Das Ganze dann dazu.

21. Zweisilbige Charade

Die Erste hat der Bauer unterm Pflug,
Der Gärtner hat sie auch, doch unterm Spaten;
Ich meine, schon dies Wen'ge ist genug
Für dich, daraus die erste zu erraten.

Die Zweite findet sich an mancherlei,
Am Stiefel, an der Flinte, an der Lanze,
Die Säule ist, der Halm davon nicht frei,
Die Blume nicht im Garten und im Kranze.

Das Ganze lacht als blühendes Gefild'
Zur Zeit der Rosen und der Nachtigallen;
Auch wenn's gewährt ein winterliches Bild
Wird's dir nicht weniger darum gefallen.

22. Rätsel

Ein Name, ruhm- und glanzumgeben,
Ob euch sein Träger Wohl bekannt?
Ein prüfungsreiches Dichterleben
Bescherte ihm der Parze Hand.

Gewiß, euch wird das Wort nicht fehlen!
Man kann ja kaum in jedem Staat'
Die Namensvettern alle zählen,
Die dieser eine Dichter hat.

Und tragt ihr noch nach mehr Begierde,
So hört, was ich von ihnen weiß:
»Es ist die Arbeit ihre Zierde
Und Segen ihrer Mühe Preis.«

23. Charade

Die Erste ist der Himmel fern,
Sie ist nicht minder jeder Stern;
Hier unten aber ist sie auch
Schon mancher Berg und Baum und Strauch,
Und bist du gar ein großer Mann
So haftet sie dir selber an
Gewiß alsdann.

Die Zweite ist recht sonderbar,
Sie fliegt, – doch ohn' ein Flügelpaar, –
So langsam oft, – oft so behend',
Hat keinen Anfang und kein End',
Sie kommt und geht an jedem Ort,
Und ach, an dir in einem fort
Begeht sie Mord.

Das Ganze gibt man Wohl, – und wie!
Empfangen aber kann man's nie,
Oft gibt man's silbern, – golden gar, –
Und wenn das Glück recht günstig war,
Selbst diamanten, – o, wie schad',
Daß 's keiner zu empfangen hat!
Nun aber rat'!

24. Rätsel

Lernt ihr Physik? – gewiß! – dann kennet
Aus der Physik das Ding ihr auch.
Das euch des Rätsels Lösung nennet
Und häufig vorkommt im Gebrauch.

Doch kennt ihr auch der Dichter einen.
Der ganz denselben Namen führt,
Und der den Großen, wie euch Kleinen
So wunderbar die Herzen rührt?

Längst ist er tot, – und fern in Baden
War sein Daheim – und ist sein Grab; –
Doch hört, welch' einen Kameraden
Von ihm ich noch in petto hab':

Ich mach' nur seinen Namen länger
Just in der Mitte um ein b,
Und wieder steht vor euch ein Sänger
Auf des Parnasses Ruhmeshöh'.

Auch der ist tot; – er liegt begraben
Der Heimat fern am Donaustrand';
Mag sein Gebein die Fremde haben,
Lieb' Holstein ist sein Vaterland.

25. Dreisilbige Charade.

Die Ersten kann man sich für Geld erstehen,
Auch, hat man nur die Letzte, selbst bereiten,
Bald sind sie fest, bald flüssig, – gern gesehen,
Wer wollte ihren großen Wert bestreiten?!

Doch größ'ren hat die Letzte noch, weil eben
Ohn' sie die Ersten garnicht möglich wären;
Ihr dankt ein jedes Kind sein junges Leben
Und unersetzlich ist sie zum Ernähren.

Das Ganze? – wenn wir just zu Tisch uns setzten,
Wer weiß, ob's nicht heut' Mittag würde kommen,
Schmackhaft bereitet aus dem Rest der Letzten,
Nachdem man ihr die Ersten hatt' genommen.

26. Palindrom.

Holla! heran und aufgepaßt,
Schon wieder was zu raten.
Das grimme Ding, ihr seht es fast
Bei jeglichem Soldaten.

Auch ist es noch bei vielen mehr,
Bald so, – bald so zu schauen;
Doch tragen's nie, bei meiner Ehr'!
Die Mädchen und die Frauen.

Mit Wonne dreht es mancher Gauch
Sich zierlich um die Fratze;
Die Auster hat's, der Schlüssel auch
Und Maus und Miezekatze.

Bedenklich ist es in Gefahr
Und Wohl darauf zu passen;
Denn mancher, der in Nöten war,
Mußt schon daraus 'was lassen.

Schwarz, braun und rot und weiß und grau,
Das sind so seine Farben;
Doch einmal hatt's ein König blau,
Des Frauen gräßlich starben.

Und einem andern, wenn es wahr,
Was uns erzählt die Sage,
Dem wächst es durch den Tisch sogar
Wohl bis zum jüngsten Tage.

Es sollte denn, was nötig tut
Doch schwerlich wird geschehen,
Ganz Deutschland unter einem Hut'
Einmal zusammenstehen.

Nun aber les't es rückwärts 'mal,
Dann wird es manchem sauer,
Dann reitet's oft der General,
Und fährt es oft der Bauer.

Und habt ihr einen Streich gemacht
In eurem Übermute,
So werdet ihr darauf gebracht
Vielleicht gar mit der Rute.

27. Rätsel.

Wir sind nur klein und nie allein,
Aus Grabes Nacht wir stammen,
Von Feld und Garten, Flur und Hain
Sucht uns der Fleiß zusammen.

Dort hat der Häuslein fein und zart
Uns Gott erbaut gar viele,
Ein jedes von besonderer Art
Und im besond'ren Stile.

Bevor es aber könnt' ersteh'n
Zur Zeit der Sommerfreuden,
Mußt' erst ein Blümlein drum vergehn
Und stillen Tod erleiden.

Man schätzt uns hoch in Stadt und Land
Und wo nur Menschen wohnen;
Und dennoch wirft des Menschen Hand
Uns hin zu Millionen.

Es wär' ohn' uns sogar kein Brot,
So fördern wir das Leben;
Und dennoch wird der blut'ge Tod
Gar oft durch uns gegeben.

Und als ins deutsche Vaterland
Die fränkschen Horden kamen,
Da schätzte man, wie allbekannt,
Besonders unsern Namen.

Denn der ihn trug, der fiel als Held
Und Vaterlandsbefreier,
Und heut' noch rühmet alle Welt
Sein Schwert und seine Leier.

28. Palindrom.

Ein Name, – eine Silbe nur, –
Ob ihr ihn mir wohl nennet?
Ihr seid dem Träger auf der Spur,
Wenn ihr die Mythe kennet.
Nach Rom und Hellas müßt ihr gehn,
Dort wurde er gepriesen,
Wo heut' noch die Ruinen stehn
Der Tempel dieses Riesen.

Ein Riese war er hoch und hehr,
Braucht' nur das Haupt zu regen,
Dann zitterten schon Erd' und Meer
Aus Furcht vor seinen Schlägen.
So groß, und dennoch oft so klein
In seinem Tun und Wollen!
Zuweilen war er recht gemein
Und hätt' sich schämen sollen.

Nun aber macht euch mal daran
Und schreibt den Namen nieder,
Les't ihr ihn rückwärts, habt alsdann
Ihr ganz was andres wieder.
Den Globus und die Karten her,
Daß ich es euch beweise,
Wir müssen über Land und Meer
Auf eine weite Reise.

Das Reisen ist für euch ein Fest,
Ihr schnürt den Ränzel heiter;
Wohlan, so geht es nach Triest
Und drauf zu Schiff und weiter.
Und sind wir endlich dann am Ziel'
Mit heiler Haut und Knochen,
So haben wir ein Werk, das viel
Ja viel schon ward besprochen.

Was ist's? – wie heißt's? – nun ja, ich mein'
Das solltet ihr mir sagen.
Es fällt euch Wohl nachgrade ein
Auch ohne viel zu fragen.
Es ist ein wahres Wunderwerk;
Geschaffen mit dem Spaten;
Doch nun nichts weiter, denn ich merk',
Ihr habt es schon erraten.

29. Rätsel.

An der Mühl' ist's für den Wind,
Daß er sie mag treiben,
In der Stube für das Kind,
Daß es gut mag bleiben!
Hinterm Fuchs und Hund wohl auch,
Wie man's nennt nach Weidmanns Brauch,
Und, nicht zu vergessen,
Auch ein Ding zum Messen.

30. Rätsel.

Ich kenn' ein Ding – man trinkt daraus
Wohl allerlei; – indessen
Man braucht es auch in manchem Haus,
Um allerlei zu messen.
Da sagt ihr gleich: Es ist ein Maß,
Und fangt mir an zu lachen;
Ganz recht! – nun aber hört den Spaß,
Was ich daraus kann machen.

Fünf Zeichen schließt das Ding nur ein,
Wir lassen alle stehen
Und schieben nur ein o hinein,
Das ist geschwind geschehen; Nun aber seht mir
schnell mal zu,
Was jetzt daraus geworden, –
Ein gar gefährlich Ding im Nu'
Ein Instrument zum Morden.

Es dröhnt entsetzlich: bumm! und bumm!
Es speiet Feu'r und Flammen.
Es reißt oft Wall und Häuser um
Und schmettert sie zusammen.
Der Preuße hat's und der Franzos',
Sie sprüh'n damit Verberben,
Sie lassen's aufeinander los
Zum Siegen oder Sterben.

Doch wenn hinweg vom Waffentanz
Wir unser Ding nun bringen,
Und wenn wir nehmen ihm den Schwanz,
Dann können wir es singen.
Ja, wie es dann so vor uns steht,
Ist es schon oft erklungen,
Und wer von euch zur Schule geht,
Hat's gar schon mitgesungen.

Auch stellt man's so als Regel hin
Und Richtschnur für das Leben,
Auch bringt es so dem Staat Gewinn,
Als eine Steuer eben.
Und setzt du statt des Schwanzes dann
Ein e an dessen Stelle,
So trägt es gar den wilden Mann
Weit über Flut und Welle.

Doch nun ist's aus; ich weiß nichts mehr
Darüber zu berichten;
Und wem da wird das Dichten schwer,
Der höre auf zu dichten. Wer sucht mir nun des Pudels Kern
Und nennt mir seinen Namen?
Wohlan! daran, ihr kleinen Herrn
Und auch ihr kleinen Damen!

31. Rätsel.

Mein Name ist dir sicherlich bekannt,
Wenn nicht, so such' ihn nun, daß er es werde,
Ich war berühmt und ward zumeist genannt,
Als Roma die Beherrscherin der Erde.

Ich lebe noch! jedoch so herrlich nie,
Als dazumal, wo meine Götter waren;
Gerettet hat mich einst das Federvieh
Vor der Verwüstung grimmiger Barbaren.

Nimmst du das o mir nun und setzt geschwind
Ein kleines a dafür, – werd' zu Moneten
Ich auf der Stelle gleich und werd', mein Kind,
Was man so Moses nennt und die Propheten.

Nun aber nimm das a und setz' ein ä,
Dann bin ich sehr geschätzt, der Kunst zur Liebe;
Ich war' es auch, wenn jenes nicht geschah'
Und statt des ä das kleine a verbliebe.

Am schönsten hat der Grieche mich gemacht;
Doch war ich nicht allein der Schönheit nütze,
Es war zugleich mein Haupt in hoher Pracht
Den Tempeln seiner Götter eine Stütze.

Nun nimm das ä hinweg und setz' ein e,
Dann bin ich häufig deines Geistes Speise –
In manchem lieben Buch, durch das ich geh'
Von Anfang bis zu Ende reihenweise.

Du schlägst mich auf, du liest mich mit Begier
Du bist gespannt, wie endlich Wohl das Ende,
Nun aber rat' einmal und sende mir,
Den Kern des Rätsels, das ich heut' dir sende.

32. Logogriph.

Mit *B* ist's in der Silberquelle,
Im Bach, im Fluß, im See, im Teich';
Todfeinde sind ihm Wind und Welle,
Erscheinen sie so schwindet's gleich.

Du siehst es auch in manchem Zimmer
Und manchem Buch, mein Kind und bist
Du eitel gar, so siehst du's immer
Am liebsten, wenn's dein eignes ist.

Mit *W*, als Hauptwort, ist es draußen
Im weiten Feld, im grünen Wald,
Und ist's gebraten, kannst du's schmausen
Ganz nach Belieben warm und kalt.

Mit einem kleinen *w* indessen
Läßt, wer es ist, sich keine Zeit;
Bist du vielleicht, nicht zu vergessen,
Es selbst zu deines Lehrers Leid?

Viel lieber sei's mit *m*, dann haben
Dich sicher alle Menschen gern;
Es ziemt den Mädchen, wie den Knaben,
Und ganz besonders ziemt's den Herrn.

Mit *Sch* war es vor Zeiten
Im Altertum dem Krieger wert,
Und gab, wollt' mit dem Feind er streiten,
Ihm guten Schutz vor dessen Schwert.

Auch sieht man's oftmals schillernd prangen,
Wohl über manches Hauses Tür
Fürs Publikum hoch aufgehangen,
Nun rat einmal und sag es mir.

33. Zweisilbige Charade.

Die Erste wird in großer Zahl
Oft deinem Blick geboten;
Vor Zeiten war sie einer mal
Der besten Patrioten.

Sie wird benutzt zu mancherlei,
Und liegt doch oft am Wege,
Und ist das Ganze gar dabei,
Bekommt sie auch wohl Schläge.

Die Zweite ist dir auch bekannt,
Könnt' viel' davon schon sagen;
Sie ward so oft wohl nie genannt
Als just in diesen Tagen.

Sie ist ein Mann und eine Stadt,
Ganz je nachdem; – indessen,
Daß sie es jetzt recht traurig hat,
Das hätt' ich bald vergessen.

Das Ganze ist beim ersten oft,
Auch war es bei der letzten,
Bis weit von der es unverhofft
Die Majestät versetzten.

Ein schlichter Mann, ein General,
Dem Nähr- und Wehrstand eigen,
Ganz je nachdem; – kannst du einmal
Mir nun das Ganze zeigen?

34. Viersilbige Charade.

Willst wissen, was die Ersten sind?
Besieh nur deinen Ball, mein Kind,
Auch deine Läufer allzumal,
Ob groß, ob klein, – es ist egal, –
Sie alle sind es sicherlich.
Nun aber höre weiter mich:
Wenn ich dir sag', sie sind beim Spiel,
Und töten oft der Menschen viel,
Sie sind von Eisen, Blei und Stein,
Von Holz und Thon und Elfenbein
Und noch gar vielem andern mehr,
Oft federleicht, oft zentnerschwer;
Man sieht sie auf der Kegelbahn,
Sie tragen auch den Ozean,
Sie stiegen oft im schnellsten Lauf,
Du gehst und stehst und liegst darauf,
Sie schweben auch im Himmelsmeer
Unzählig wie der Sterne Heer,
Und stehn sogar auf manchem Tor,
So kommt es dir wohl komisch vor
Und will dir recht bedenklich scheinen,
Und doch läßt es sich nicht verneinen. –

Nun aber noch einmal, mein Kind,
Hör' weiter, was die letzten sind!
Auch diese sind dir wohlbekannt,
Man braucht sie, wo ein Haus in Brand
Man läßt daraus des Wassers Flut
Und löscht damit des Feuers Glut.
Oft sind sie groß, oft winzig klein,
Ganz je nachdem sie müssen sein.
Sie sind beim Doktor auch zu Haus,
Er gibt gewissen Kranken draus;
Sie tun gar mancher Wunde gut,
Und mancher Bub im Übermut' Der steckt sie in ein

Wasserfaß
Und macht damit die andern naß.

Und, nun zum drittenmal, mein Kind,
Hör' zu, was alle Viere sind:
Sie sind das Ganze, – das ist klar,
Sind nur im Kriege anwendbar,
Dann aber auch ein Instrument
Das man sehr lange noch nicht kennt
Ein gar entsetzlich' Mordgewehr,
Verderben speiend vor sich her,
So oft es nur mit Blitz und Knall
Ausspeiet seine ersten all'.
Der Erzkujon Napoleon
Der hat es in Gebrauch gebracht
Gottlob, er kriegte seinen Lohn!
Nun aber sag' mir, hast du's schon?

35. Zweisilbige Charade.

Die Erste ist ein innig' Liebeszeichen
Wer es gewährt, der hat's wohl ohne Ende,
Doch wer's empfängt, dem bleiben leer die Hände;
Man gibt's, man nimmt's bei Armen und bei Reichen.

Du selber hast es sicher oft empfangen,
Und wohl nicht weniger es oft gegeben,
Mein liebes Kind, in deinem Kindesleben,
Wenn an dem Hals der Eltern du gehangen.

Die Zweite hast du sicherlich zu zweien,
Sie ist dir unentbehrlich längst geworden:
Der Mörder braucht sie, um damit zu morden,
Der Priester um zu segnen und zu weihen.

Sie ist die Schöpferin vor allen Dingen
Der Kunst, der bildenden, – ob sie daneben
Auch oft schon der Zerstörung preisgegeben,
Was einst ihr hieß der Genius vollbringen.

Nun such' das Ganze; – leicht ist's zu erlangen;
Seh' ich dich geh'n und kann dich nicht begleiten,
Und geb' dir dann die Erste mit der Zweiten
So hast du auch das Ganze schon empfangen.

36. Zweisilbige Charade.

Die Wörter »nach« und »an«, »so weit«,
»So lange auch« und »noch« hinzu,
Sind dir zur Hilfe all' bereit,
Suchst nach der ersten Silbe du;
Und bist du gar ein Studios,
Der schon Latein studieren muß,
So schlag' im Zumpt nach, – *apropos!*
Doch bei den *numeralibus*.

Die Zweite, – eine sie, – ein es,
Bald weiblich, – wieder sächlich bald,
Verkündet dir als letzteres
Die Kraft in fettiger Gestalt;
Als erstere ist's ein Gewicht,
Ein Zeichen auch für dies und das,
Und an der Grenze übt's die Pflicht
Des Wächters oft ohn' Unterlaß.

Das Ganze war ein deutscher Mann
Gar hochberühmt und weltbekannt,
Und seit die Welschen stürmten an,
Noch häufiger als sonst genannt; Er ist ein Mann der Zweiten auch
Als es, als sie, – das bleibt egal, –
Der Kraft, – der Grenze; – nun gebrauch'
Den Kopf, mein Kind, und rat' einmal.

37. Dreisilbige Charade.

Die Ersten sind bekannt auch jedem Kinde
Weil jedem Kinde sie von Gott beschert;
Sie tragen oft ein wertvoll Angebinde,
Unschätzbar aber ist ihr eigner Wert.

Zur Letzten greift man wohl, wenn man will gehen;
Sie trieb ein Volk einst, daß es mutig stritt;
Auch kannst du sie bei jedem Boten sehen
Der grüßend über deine Schwelle tritt.

Nun aber würdest du mich sehr verbinden,
Gibst du mir gleich das Ganze; – such' es nur!
In deiner Mutter Nähkorb wirst du's finden,
Wenn nicht, – so triffst du's draußen auf der Flur.

38. Zweisilbige Charade.

Setz'st an die Erste du ein e,
So ist sie da für Reisige;

Für diese aber nicht allein,
Sie wird für dich und alle sein.

Doch Undank ist der Welten Lauf, –
Wer sie benutzt der tritt darauf.

Die Zweite war in alter Zeit
Der Schauplatz wohl von manchem Streit.

Oft stark befestigt und armiert,
Nun aber meistens ruiniert.

Auch nennt in Holstein einen Ort
Nach ihr man mit demselben Wort.

Das Ganze preist ein alter Sang
Als »wunderschön« mit holdem Klang.

Nun sag's, – ich spitze schon das Ohr,
Nu singst Wohl gar das Lied mir vor.

39. Charade.

Meck! meck! – wär' ich ein Schneiderlein,
So fiel es mir gewiß nicht ein
Ein Silbenrätsel zu erdenken,
Das einen Schneider könnte kränken;
Meck! meck! ist was die Erste spricht,
Und das liebt ja der Schneider nicht.

Die Zweite ist fast nie im Tal,
Jedoch daneben allemal
Die Bibel nennt sie vieler Orten,
Selbst bei des Heilands schönsten Worten,
Sie wurde auch in einem Land
Zur Zeit der Willkür oft genannt.

Das Ganze zeugt von deutschem Mut,
Es ward getränkt mit vielem Blut,
Willst du das Ganze dir besehen,
So mußt du erst auf Reisen gehen;
Das Ganze nach der Ersten heißt,
Nun sag' mir schnell, ob du es weißt.

40. Kreuz- und Quer-Charade.

1	2
3	4

Eins, zwei trifft wohl man im Gedicht,
Eins, vier fehlt an der Fahne nicht,
Drei, zwei ist ein Insekt das sticht,
Drei, vier gehört zum Angesicht.

Nun lasse leuchten mir dein Licht;
Vier Kerne, – welch ein schön Gericht!
Das ist 'ne Nuß die viel verspricht!
Beiß zu, bis daß die Schale bricht!

41. Rätsel.

Du kennst ihn wohl, er war ein Held,
Der tapfer dreingeschlagen,
Er machte sich zum Herrn der Welt
Dereinst in alten Tagen.
Nun ist es längst mit ihm vorbei,
Ist er auch noch am Leben,
Ihm hat das Gift der Klerisei
Schon längst den Rest gegeben.

Doch von ganz anderer Gestalt
Erscheint er dir zur Stunde
Wo laut der Freude Jubel schallt,
In froher Zecher Runde.
Dann spendet er den gold'nen Wein
Wohl allen, die da kamen,
Nun rat' einmal, wer mag es sein?
Und nenn' mir seinen Namen

42. Rätsel.

Bald bin ich im Gewühl der Schlacht,
Bald mach' ich blank und eben,
Bald schwind' ich hin in Farbenpracht,
Muß bald als Duft entschweben;
Die Schätze aus des Berges Schacht
Half ich vielleicht mit heben,
Und half schon manchem Kranken sacht
Des Schlummers Träume weben;
Ja manchem, der sich umgebracht,
Hab' ich den Tod gegeben,
Und mancher, nah' des Todes Nacht,
Verdankte mir sein Leben.

43. Rätsel.

Ob du ihn kennst
Und mir ihn nennst?
Mich soll's verlangen.
Man sieht ihn prangen
Zur Frühlingszeit
Im grünen Kleid,
Und Binsen hangen
Und Schilf und Rohr
Oft rings davor.

Er ist im Moor
Und in der Marsch
Und reich an Quellen
Und Wasserstellen
Mit Hecht und Barsch
Und and'ren Fischen.

Oft schwimmt dazwischen
Auf blauer Bahn Wohl auch ein Kahn,
Und Gans und Ente
Und Wasserhuhn
Sich gütlich tun
Im Elemente,
Dem kalten, blauen,
Das immer nah
Dabei zu schauen.

Auch sieht man da
Oft vor der Nase
Und leicht zu fangen
Den Kiebitz fliegen
Und oft im Grase
Die Rinder liegen.

Ob du ihn kennst
Und mir ihn nennst,

Mich soll's verlangen.
Und hapert's noch,
Du triffst es doch.
Nur immer heiter,
Ich helf' dir fort,
So kommst weiter.

Dasselbe Wort
Nennt einen Helden,
Von dem zu melden
Gar große Tat,
Dem viel zu danken
Ob seiner Siege
Im letzten Kriege,
Weil er die Franken
Geschlagen hat.
Mit der Getreuen
Geringen Schar
Stand er alleine, Ein Fels, und war
Die Wacht am Rheine.

Ob du ihn kennst
Und mir ihn nennst,
Mich soll's verlangen.

44. Kreuz- und Quer-Charade.

1	2
3	4

Eins, zwei hast du, wie jedermann,
Man sieht's euch an der Nase an,
Doch wer's bekommt zum zweitenmal,
Dem ist es ganz gewiß fatal.

Drei, zwei, – wer es gegessen hat,
Der rühmt es wohl als delikat,
Auch sagt man wohl, daß du es bist,
Wenn's Herz dir in der Hose ist.

Eins, vier ward dir schon früh verlieh'n,
Dein ganzes Leben trägst du ihn,
Doch wirst du nicht darum gewahr,
Weil er noch leichter als ein Haar.

Drei, vier bringt manchem Fischlein Not
Und manchem armen Fischer Brot,
Man senkt's in kühler Welle Schoß
Nun rat' einmal und knack drauf los.

45. Kreuz- und Quer-Charade.

Eins, zwei trägt mancher offenbar,
Es kommt, wo eine Wunde war,
Drum hat es auch von drei und vier
Wohl mancher tapf'rer Grenadier

Denn drei und vier hält in der Schlacht
Fürs Vaterland die treue Wacht;
Sie kämpft bis sie zusammenbricht,
Sie stirbt, doch sie ergibt sich nicht.

Eins, vier dir auch die Bibel nennt,
Du kennst im Neuen Testament'
Die Stelle wohl, mein liebes Kind,
Besinn' dich nur darauf geschwind.

Dann sinne noch auf drei und zwei
Und sag mir auch, was dieses sei,
Es ist des Fleißes gold'ner Lohn,
Davon geträumt einst Jakobs Sohn.

Der biedere Nährstand heimst sie ein
Und sammelt draus die Schätze klein;
Was sag ich, klein? – unendlich groß!
Punktum! nun geht das Raten los.

46. Charade.

Die ersten Beiden existierten nie,
Und dennoch mußte mancher um sie sterben
Gebilde sind sie nur der Phantasie
Des Menschen, oft dem Menschen zum Verderben.

Das Letzte ist ein Zeichen oft der Freud,
Oft folgt der jähe Tod ihr auf dem Fuße,
Und mancher, der gehüllt ins Sterbekleid,
Erhielt zum Abschied sie und letzten Gruße.

Das Ganze? – vor dem Ganzen jedem graut,
Es wirft den stärksten Menschen oft zur Erde.
Und wen es überkommt, der winselt laut
Und macht dazu die kläglichste Geberde.

47. Rätsel.

In großer Anzahl ist's auf Erden,
Fast möcht' ich sagen: ringsumher.
Es kann aus vielen Blättern werden,
Du kannst es werden nimmermehr.
Oft steckt's in einem Lumpenkleide,
Doch, gleich der Armut, kennt's den Druck
Auch dann noch, wenn's in Sammt und Seide
Geseh'n wird und im gold'nen Schmuck.

Es »geht«, und hat doch keine Beine,
Es spricht, und hat doch keinen Mund,
Und lebt's auch nicht wie du, – ich meine:
Gemüt und Geist gibt's dennoch kund.
Und eins davon, nicht zu vergessen,
Das sicherlich auch dir beschert,
Ist reich an Schätzen unermessen
Und mehr als all die andern wert.

Sofort nach einem kleinen Zeichen
Ganz anders wird es von Gestalt,
Dann gleicht es wohl den stolzen Eichen
Da draußen oft im grünen Wald.
Eins und dasselbe aber zeigen
Sie beide noch in großer Zahl,
Dem einen nur im Sommer eigen,
Dem andern stets, – nun rat einmal.

48. Worträtsel.

Zwei Silben hat das Wort,
Und was es nennt,
Es gibt wohl keinen Ort,
Wo man's nicht kennt.
Es ist als Teil zu sehn
An Tor und Tür,
Wo Fenster offen stehn,
Gleich zeig' ich's dir;
Zeig's, wo im Prachtbau steht,
Und wo im Wind'
Sich eine Mühle dreht.
Dir gleich mein Kind;
Zeig's wo ein Vogel fliegt,
Ein Käferlein
Wo sich die Mücke wiegt
Im Sonnenschein.
Berührt von Künstlers Hand,
Wie hold es klingt!
Ist eine Schlacht entbrannt,
Wie's kämpft und ringt!
Auch haben's sicher noch
Die Engelein;
Nun aber sag' mir doch,
Was mag es sein?

49. Rätsel.

Ein mächt'ger Gott im Heidentum,
Zur Fabel ist er längst geworden,
Doch preiset seinen hohen Ruhm
Noch jetzt manch schöner Sang im Norden.

Wenn du es wär'st, mir tat es leid,
Man wird dich dumm und närrisch finden;
Gar viele sind's aus Eitelkeit
Und viele auch aus ander'n Gründen.

In mancher Stadt ist's noch zu sehn,
Vor manchem Haus, bei manchem Raine.
Du wirst aufs Raten dich versteh'n,
Wohlan so sag' mir, was ich meine!

50. Kreuz- und Quer-Charade

Eins, zwei gebraucht der Offizier
Und jeder mut'ge Kavalier,
Daß ihm kein and'rer schikanier'.
Eins, vier nicht selten hören wir
Wo Gäste trinken Wein und Bier,
Zuweilen auch an deiner Tür.
Drei, zwei zwingt wohl den wilden Stier
Und tötet manch ein armes Tier
Da draußen auch im Jagdrevier.
Drei, vier gereichet nie zur Zier;
Ich hört' nicht gern, es gelte dir,
Denn wer es ist, verdiente Schmier'.
Nun saget mir, geht euch nicht hier
Ein Licht auf, daß ihr mit Plaisier
Sie schnell heraus habt alle Vier?

51. Logogriph-Charade.

Die Ersten sind dir wohlbekannt.
Dein Vaterland
Könnt' nimmer sie entbehren,
Sie brachten es zu Ehren.
Doch was durch sie erst Wunder tut,
Das ist der Mut,
Ohn' den sie machtlos wären.

Wird ihnen aber nun das Haupt
Einmal geraubt,
So kennst du sie nicht wieder;
Sie springen auf und nieder
Und sehen gar possierlich aus,
Oft gar im Flaus,
In Jacke, Rock und Mieder.

Die Dritte herrscht dir Schweigen zu,
Sie liebt die Ruh'
Und kann den Lärm nicht leiden,
Möcht' jeden Streit vermeiden.
Was immer sie zu dir auch spricht,
Vergiß es nicht:
Ein Kind muß sich bescheiden.

Und nimmst du dieser auch den Kopf,
Fürwahr kein Tropf
Wird dann vor dir erscheinen,
Ein Ausbund, sollt' ich meinen!
Er spielte manchem einen Streich;
Wie heißt es gleich?
Es gab nur diesen einen.

Die Vierte sagt, was mancher ist,
Auch wo du bist,
Um Posto just zu fassen,
Auf dies und das zu passen.

Und wer sie hat und sie nicht läßt,
Der stehet fest,
Das muß der Neid ihm lassen.

Und wenn auch die das Haupt verliert,
So putzt und ziert
Sie freilich manche Gecken,
Die sich damit bedecken.
Der Weise hält sich von ihr fern;
Tu du's auch gern,
's wird nichts dahinter stecken.

Die Dritt' und Viert' in einem Wort
Sind immerfort
Dem Fortschritt sehr entgegen,
Und was sich nur tut regen.
Indessen müssen sie auch sein,
Und wär's allein,
Um nur der Ruh' zu pflegen.

Des Ganzen freut man sich im Krieg,
Wenn nach dem Sieg'
Und mut'gen, blut'gen Taten
Ausruhen die Soldaten.
Es heißt zugleich: die Ersten ruh'n;
Sag' mir es nun,
Du kannst es leicht erraten.

52. Charade

Die Erste ist der Farben eine,
Indessen keine
Ursprünglich reine.
Die Zweite sagt dir: halt den Mund!
Sehr bündig, – und
Das Ganze liegt im deutschen Reich,
Wie heißt es gleich?

53. Rätsel.

Tot ist es, das ist sicher wahr,
Und dennoch regt sich's wunderbar,
Und spricht es auch kein Sterbenswort,
Oft hörst du's doch in einem fort
Und stehst es, wenn auch meistens steh'n,
Trotzdem doch immer weiter geh'n.

54. Kreuz- und Quer-Charade

Eins, zwei hat manchen General
Schon in die Schlacht getragen;
Auf Speisen ist es sehr fatal
Und schadet dann dem Magen.

Eins, vier ist häufig eitler Tand,
Doch sieht's das Auge gerne.
Gar lieblich hat's der Diamant,
Und haben's auch die Sterne.

Drei, zwei schwärmt draußen mit Gesumm,
Und willst du Blumen brechen,
So sieh dich erst behutsam um,
Sonst könnt' es leicht dich stechen.

Drei, vier mag gut zu essen sein,
Man holt es aus dem Meere,
Und ist es auch kein Schneiderlein,
Gebraucht es doch die Schere.

55. Kreuz- und Quer-Charade

Eins, zwei ist nur ein kleines Haus,
Des Herr zu sein sich wenig lohnt,
Viel Traktement und großen Schmaus
Gibt sicher nicht, wer drinnen wohnt.

Eins, vier ist auf dem Schiff zu sehn,
Ganz unentbehrlich ist es hier,
Und menschliche Gedanken gehn
Zuweilen auch durch eins und vier.

Drei, zwei wird sein, wo Kinder sind
Und wo der Wind die Mühle treibt,
Doch sieht es wohl ein jedes Kind
Am liebsten, wenn es fern ihm bleibt.

Drei, vier trifft man in Rußland an,
Da geht's von Hand zu Hand umher,
Nur spärlich kommt's beim armen Mann,
Beim Reichen aber desto mehr.

56. Rätsel.

Im Wasser ist's und auf dem Lande,
Zuweilen auch wohl in der Luft.
Der kleinste Käfer ist's im Sande,
Sogar Atome find es oft.

Es dient in mancherlei Gestalten
Des Menschen Zweck und seinem Brauch,
Und mag er sich auch besser halten,
Er ist's am Ende selber auch

Füg' noch hinzu ein kleines Zeichen,
Dann wird's ein Menschenkind wie du;
Um Ehr' und Würden zu erreichen,
Ließ ihm der Ehrgeiz keine Ruh'.

Ein Mann aus simplem Bürgerstande
Und bald der höchsten einer schon,
Er wollte Deutschlands Schmach und Schande,
Und baute sich den Kaiserthron.

57. Palindrom

Man hat's nicht gern auf seinen Wegen,
Weil's einem nicht im Freien frommt;
Doch ist's ein wahrer Gottessegen
Fast jedesmal, so oft es kommt.
Oft wird's mit einem *Strich* verbunden,
Bei *Staub und Asche, Blut und Stein*
Wird es zuweilen auch gefunden,
Und auch am *Platz'* da kann es sein.

Bist du so glücklich nun gewesen,
Zu raten das versteckte Wort,
So mußt du es von hinten lesen,
Was andres wird es dann sofort.
Schwarz ist es wie ein Schornsteinfeger
Und sieht dir aus, als wär's ein Mohr,
Ja, auf ein Haar ist's wie ein Neger,
Nun rat! – ich spitze schon das Ohr.
Du bist bereits davor.

58. Kreuz- und Quer-Charade

1	2
3	4

Eins, zwei – du sitzest oft darin
Und auch wohl gern, – indessen,
Sitzt du darin im schlimmer'n Sinn,
So warst du pflichtvergessen.

Eins, vier hat oft für dich zu tun,
Du bist sein guter Kunde,
Wenn uns nur nicht die Füße ruh'n,
So hat er Brot im Munde.

Drei, vier ward erst nach längerer Frist
Wozu man ihn erhoben,
Und wenn er wirklich tüchtig ist,
So muß das Werk ihn loben.

Drei, zwei mißt die Entfernung aus;
Man fragt darnach beim Wandern,
Du findest es gewiß heraus
Und findest auch die andern.

59. Rätsel.

Hirsch und Rehlein geh'n,
Wo ich bin zu seh'n,
Doch nicht immer, Kind, das merk' dir fein,
Denn ich kehr' sogar
Einmal jedes Jahr
Sicher auch bei dir im Hause ein.

Und ich bring' die Freud'
Und, was Liebe beut,
Und ich prang' vor dir im lichten Glanz';
Aber merk' auch das:
Schnell ohn' Unterlaß
Flieht die Zeit dahin im Horentanz.

Und es kommt der Tag,
Wo da werden mag
Gar für dich aus mir zuletzt ein Haus,
Dunkel, still und klein,
Daß du schläfst darein
Von des Lebens Sorg und Mühen aus.

Aber bitt' den Herrn,
Daß die Zeit dir fern,
Laß den Ernst und gib der Freude Raum,
Weil ein Kind du bist
Und es Weihnacht ist
Und auch deiner harrt geschmückt der Baum.

Sei der Gaben wert,
Die man dir beschert,
Und was Elternliebe dir gebracht,
Und, ein fröhlich Kind,
Sing mir nun geschwind
Auch das Lied, das man auf mich gemacht.

60. Rätsel.

Ei, kommt mal her und hört mich an,
Ihr mit den roten Backen!
Heut' hat für euch der Rätselmann
'ne schöne Nuß zu knacken.

Man müht sich sehr um ihren Kern,
Doch wenn man ihn bekommen,
Ist der Geschmack schon wieder fern,
Den man daran genommen.

Gar vieles ist es auf der Welt
Und wird es bleiben immer:
Doch vieles, was man dafür hält,
Das ist es sicher nimmer.

Bald leicht, bald schwer, bald kurz, bald lang:
Und, daß ich's nur berichte,
Es hat zum Dunkeln steten Hang
Und will doch stets zum Lichte.

Nimm dich in acht, rührst du daran!
Es gab schon manche Tröpfe,
Die's taten, und zerbrachen dann
Umsonst daran die Köpfe.

Und was das Wunderlichste ist
Zu meinem großen Spaße:
So, wie du augenblicklich bist,
Ist's just vor deiner Nase.

Ihr denkt von mir am Ende gar:
Herr Meyer will uns necken,
Er macht dumm' Zeug, das ist ja klar,
Wird nichts dahinter stecken.

Ei, ei! was denkt ihr? – dummes Zeug
Paßt nicht in seine Sachen.
's gibt schon genug, – zumal von euch
Noch mancher es wird machen.

Doch Spaß bei Seite! – ratet jetzt,
Nur lustig darauf nieder!
Herr Meyer gab es euch zuletzt,
Nun gebt es ihm 'mal wieder!

Auflösungen der Rätsel.

1. Gefallen.
2. Bachstelze.
3. Feder.
4. Greis, Reis, Eis.
5. Wein, Schrein u. s. w.
6. Strauß.
7. Abel, Babel u. s. w.
8. Christnacht.
9. Ohrfeige.
10. Pfeife.
11. Hahn.
12. Uhr.
13. Stein.
14. Bauch, Hauch u. s. w.
15. Granaten.
16. Kette.
17. Ostern.
18. Goldlack.
19. Atlas.
20. Mondlicht.
21. Landschaft.
22. Bürger.
23. Hochzeit.
24. Hebel, Hebbel.
25. Buttermilch.
26. Bart, Trab.
27. Körner.
28. Zeus, Suez.
29. Rute.
30. Kanne.
31. Kapitol, Kapital u. s. w.
32. Bild.
33. Steinmetz.
34. Kugelspritze.
35. Kußhand.
36. Bismarck.

37. Fingerhut.
38. Straßburg.
39. Gaisberg.
40. Stanze, Wanze u. s. w.
41. Römer.
42. Pulver.
43. Werder.
44. Nase, Hamen u. s. w.
45. Narbe, Garde u. s. w.
46. Hexenschuß.
47. Buch, Buche.
48. Flügel.
49. Thor.
50. Klinge, Schlingel.
51. Waffenstillstand.
52. Braunschweig.
53. Uhr.
54. Schimmel, Hummer
55. Kathe, Rubel u. s. w.
56. Thier, Thiers u. s. w.
57. Regen, Neger u. s. w.
58. Schule, Meister.
59. Tannenbaum.
60. Rätsel.

Über tredition

Eigenes Buch veröffentlichen

tredition wurde 2006 in Hamburg gegründet und hat seither mehrere tausend Buchtitel veröffentlicht. Autoren veröffentlichen in wenigen leichten Schritten gedruckte Bücher, e-Books und audio-Books. tredition hat das Ziel, die beste und fairste Veröffentlichungsmöglichkeit für Autoren zu bieten.

tredition wurde mit der Erkenntnis gegründet, dass nur etwa jedes 200. bei Verlagen eingereichte Manuskript veröffentlicht wird. Dabei hat jedes Buch seinen Markt, also seine Leser. tredition sorgt dafür, dass für jedes Buch die Leserschaft auch erreicht wird.

Im einzigartigen Literatur-Netzwerk von tredition bieten zahlreiche Literatur-Partner (das sind Lektoren, Übersetzer, Hörbuchsprecher und Illustratoren) ihre Dienstleistung an, um Manuskripte zu verbessern oder die Vielfalt zu erhöhen. Autoren vereinbaren direkt mit den Literatur-Partnern die Konditionen ihrer Zusammenarbeit und partizipieren gemeinsam am Erfolg des Buches.

Das gesamte Verlagsprogramm von tredition ist bei allen stationären Buchhandlungen und Online-Buchhändlern wie z. B. Amazon erhältlich. e-Books stehen bei den führenden Online-Portalen (z. B. iBookstore von Apple oder Kindle von Amazon) zum Verkauf.

Einfach leicht ein Buch veröffentlichen: **www.tredition.de**

Eigene Buchreihe oder eigenen Verlag gründen

Seit 2009 bietet tredition sein Verlagskonzept auch als sogenanntes "White-Label" an. Das bedeutet, dass andere Unternehmen, Institutionen und Personen risikofrei und unkompliziert selbst zum Herausgeber von Büchern und Buchreihen unter eigener Marke werden können. tredition übernimmt dabei das komplette Herstellungs- und Distributionsrisiko.

Zahlreiche Zeitschriften-, Zeitungs- und Buchverlage, Universitäten, Forschungseinrichtungen u.v.m. nutzen diese Dienstleistung von tredition, um unter eigener Marke ohne Risiko Bücher zu verlegen.

Alle Informationen im Internet: **www.tredition.de/fuer-verlage**

tredition wurde mit mehreren Innovationspreisen ausgezeichnet, u. a. mit dem Webfuture Award und dem Innovationspreis der Buch Digitale.

tredition ist Mitglied im Börsenverein des Deutschen Buchhandels.

Dieses Werk elektronisch lesen

Dieses Werk ist Teil der Gutenberg-DE Edition DVD. Diese enthält das komplette Archiv des Projekt Gutenberg-DE. Die DVD ist im Internet erhältlich auf **http://gutenbergshop.abc.de**